本蔚堂诗文稿

曹晓文 —— 著

中国文联出版社

图书在版编目（CIP）数据

本蔚堂诗文稿 / 曹晓文著. -- 北京：中国文联出版社，2024.12. -- ISBN 978-7-5190-5700-8

Ⅰ．I227

中国国家版本馆CIP数据核字第2024331UH4号

著　　者　曹晓文
责任编辑　苏　晶
责任校对　赵　宇
装帧设计　春天书装

出版发行　中国文联出版社有限公司
社　　址　北京市朝阳区农展馆南里10号　　邮编　100125
电　　话　010-85923025（发行部）　010-85923091（总编室）
经　　销　全国新华书店等
印　　刷　三河市龙大印装有限公司

开　　本　850毫米×1168毫米　　1/32
印　　张　3.5
字　　数　50千字
版　　次　2024年12月第1版第1次印刷
定　　价　38.00元

版权所有·侵权必究
如有印装质量问题，请与本社发行部联系调换

序　言

一次偶然的机会，我认识了一位小伙子。他啊，高高的个子、修长的身材，谈吐幽默风趣，又不失沉稳内敛，展现出极高的情商。眉清目秀，双眼透出睿智的光芒，一看就是知识分子。果不其然，与他交谈，我知道了这个孩子是理工硕士，却对历史、古诗词、哲学等多个领域都有深厚的积累和独到的见解。

他彬彬有礼地称呼我为太姥姥，和我说："太姥姥，我是慕名而来拜访您老人家的。我非常喜欢文学，听说您是作家，所以前来向您老人家请教来了，我叫曹晓文。"他开玩笑地说，听说过作家但是没见过作家。交谈中能感受到他对文学的热爱。他想往文学方面发展，而且从学生时代就开始写作了。之后，我们常常切磋诗文。

几年后的一天，晓文拿着出版社校对的稿子让我看，哎呀，他的《本蔚堂诗文稿》将要出版了，可喜可贺。

这本书是晓文十年的心路历程积淀而成的篇章。文学，就是一个积累沉淀的结果。

这本书体裁以古体诗、词为主，短文散记穿插其间。文笔沉稳，情感朴实，正能量满满。这是从乡间田野走出来的孩子的杰作啊！看来，有志者，事竟成。

"少年学来而立身，闲也匆匆勤勇奔。"晓文的初心多年来从未改变，是孜孜不倦地学习，才获得如此成绩，令人佩服。

孙雅勤

2024 年 11 月 14 日于北京回龙观

（孙雅勤，笔名关东老骥，黑龙江作家协会会员，创作了近五百万字长篇小说作品，代表作为《酒都》四部曲）

自 序

我的故乡是河北省张家口市蔚（yù）县一个叫桃花镇的地方。蔚县，古称蔚州，又名萝川，曾是古"燕云十六州"之一，秦时为代郡。虽名为桃花镇，但镇上的桃花在哪里，我不知道，甚至不知道这个地方是否曾有过桃花。这里原始、亲切，跟中国北方其他普普通通的乡镇一样，没有自己的特色，也不为人所熟知，但她是我的故乡，一个令我魂牵梦绕、驻足凝望的地方。老家仅有几间破房，与草庐无异，姑且效仿古人，以"本蔚"为堂号——不忘根本、蔚土情深，警示自己不忘出身，不以故庐为陋，但求点墨沧溟[①]化我心。几番午夜梦回，世间再无陌路，故乡应该有一个草庐是属于我自己的清净之地，庐门上挂一匾额——本蔚堂。

身为在外漂泊多年的游子，思乡之情与日俱增，故乡便是我心中乡愁深种的根，漫山的"桃花"也与

---

① 沧溟：出自宋代宋无《端石砚》"云汉带星来玉匣，墨池蒸雨出沧溟"。

本蔚堂掩映在我内心深处。这种感觉不想只深藏于我一人，所以集录近年创作成一册——《本蔚堂诗文稿》，以诗词为多，夹杂一些所思所感乃至所悟。本书之所以题为"诗文稿"，是因在创作过程中多以仿古抒怀为主，重取意而疏格律，故全书诗词并未完全按照严格的"平仄""对仗"创作，为此深表歉意。拙作立意不免流俗，成文难免操切，望方家不吝赐教。

各类影视作品中的明山秀水，都不及一部《山海情》给予我心灵深处的触动。每次看剧我都会不自觉地涌出泪水，更加深切地体会到"为什么我的眼里常含泪水？因为我对这土地爱得深沉"（艾青《我爱这土地》）。看到剧中那似曾相识的、记忆深处的故事，土地与庄稼，我都会想起养育我的家乡。这些年我在外独自闯荡，每每心中有所回响，感情于胸中激荡，都会以诗词落于笔端，似过客为前路而迷茫，更似游子对故乡的回望。

随着年龄增长，不断加深的还有我对北方的砖房、泥巷、旷野，以及那满院、满街巷乱跑的小动物们所怀有的特殊的感情，那是对它们抑制不住的亲近。看过了烟雨中的江南、霓虹里的都市，你大概觉得祖国的大城市才是美好的地方，大城市更现代，更宜居。

或许我是一个多愁善感的人,陶笛乐音连缀起《故乡的原风景》,无论何时何地都仿若置身于故乡最美的风景之中,即便身处洛城,又有谁能抵住"此夜曲中闻折柳,何人不起故园情"(唐·李白《春夜洛城闻笛》)的牵绊?其实祖国的每一寸土地都美、每一个地方都秀、每一方山水都值得赞。因为只有热爱故乡的人才会热爱祖国。

故乡赞

京西蔚州,千载古堡多沧桑;
帝阙重近,古地萝川尽风骨。
民心古朴,胡汉交融源流远;
地灵人杰,山川形胜乡风淳。
位重华夏,巍耸南北山势尊;
古塞边风,文蔚[①]百年传书香。

我热爱那黄土覆盖下的土地,亲近那朴实又善良的乡邻,更忘不了黄糕的黏软、小米的芳香、豆干的筋道,记忆最深的还是那些年在火炉子里烤土豆的喜

---

① 文蔚:书院名,为蔚州古书院。

悦。这片土地是伟大的，孕育了坚韧不屈的精神，还有在任何时候都对未来充满美好希望的信仰；这里的人也是伟大的，土厚根深、民心淳善、古道热肠。每一次远行，都让我体会到，每越关山，尽是失路、去乡多寂寞的离殇。

我为生于这片黄土地而自豪，爱你故乡、爱你山海、爱你祖国。浓浓的乡情也使我燃起了对生活的热望，化为笔端一个个鲜活的文字。说它是诗，其实不过是句句愁肠倾诉，着墨未干处则是这些年我对生活充满的期望，以及现实对一个稚嫩青年的深情召唤。

以一首《本蔚堂记》为开篇，绘就我心中的诗画家国、梦中桃源。

本蔚堂记

不意尘世南山中，有泉绕庐尽梧桐。

素朴青灯本蔚堂，茶香终日书卷从。

是为序。

曹晓文

2023 年初春于北京

目 录

上 编
年少不知愁滋味　原来难得书读闲

第一章　少年的诗　　　　　　　　　　005
　　山关内外　　　　　　　　　　　　007
　　郊　游　　　　　　　　　　　　　008
　　苍生真梦　　　　　　　　　　　　009
　　行　止　　　　　　　　　　　　　010
　　采桑子·春（二首）　　　　　　　011
　　踏莎行·癸巳筹望　　　　　　　　013
　　忆王孙·雪　　　　　　　　　　　014
　　满江红·情关（半阙）　　　　　　015
　　虞美人·乡愁　　　　　　　　　　016
　　记京北百望山脚下景　　　　　　　017
　　诉衷情　　　　　　　　　　　　　018
　　烛影摇红·平城和孤月　　　　　　019
　　今时古贤　　　　　　　　　　　　020
　　明皇西幸篇　　　　　　　　　　　021

满庭芳·倚马踏歌　　　　　　022
贺　喜　　　　　　　　　　　023
与友聚　　　　　　　　　　　024
盛日正韶华　　　　　　　　　025
立　秋　　　　　　　　　　　026
克己自持　　　　　　　　　　027
桂莎行　　　　　　　　　　　028
渔家傲·溪上泛舟　　　　　　029
偷声木兰花·年少　　　　　　030

第二章　青年家国　　　　　031
小重山·再启程　　　　　　　034
满江红·强国梦　　　　　　　036
青年昂首　　　　　　　　　　037
水龙吟·乙未贺寿　　　　　　038
炎夏杂思二首　　　　　　　　039
醉二首　　　　　　　　　　　040
国庆游记二首　　　　　　　　041
忆挚友·去国　　　　　　　　042
与家书·怀乡　　　　　　　　043
梦游园·蟒山　　　　　　　　044
我有一壶酒二首　　　　　　　045
出海有感　　　　　　　　　　047
采桑子·奋斗　　　　　　　　048

冬月登香山有感	049
采桑子·郊野春景	050
水龙吟·铸剑	051
水龙吟·五七事记	052
观塘有感	053
人生年少且轻狂	054

下 编
独处静心　忙中自省

第三章　感恩感悟	**059**
再来宁	061
少年愁	062
江南繁华	063
慎　独	064
过雨花台二首	065
长相思·朝也思	067
青玉案八首	068
独处之乐	072
寻得心中的静谧	073
父　恩	075
第四章　静心觅得	**079**
当　下	082

命　运	084
静观涛	085
小禅记	087
郊野寻农	088
不忘初心	089
写在人生三十	091

后　记　　　　　　　　　　　093

上编

年少不知愁滋味
原来难得书读闲

收录2013年至2018年间42首（组）诗词。

孤独的心无论走到哪里都是孤独的，变换的景色只会为孤独披上不一样的外衣。大学毕业，离太原回北京继续求学深造，凡两年半；在首都某企业从事技术工作，扎根奉献，三年有余。其间从学生的悲秋伤春到挥洒热血青春于国家建设，至青葱而不再年少，终看破此间江湖，旋即茫茫然又不知所趋。那些年，一步步，道不尽、总难言。

你沐晨风已久，我却正午初现，本是山野那一抹翠色，怎奈误入繁华世间；风也，雨也，雷电，可堪堪强似情愿。

最喜那易安凄怜，仍胸怀稼轩灯剑！梦随柳七章台醉，恰醇容若词宛然。每入心处泪迁延，佛心儒性道空禅。痴阅黄卷千年事，终不比，青灯照心安。

自题三首，权当对人生过往的寥寥回忆。那些年依稀可见，回首看来，前尘不过一曲笑谈。

自题一·初象
——记大学毕业回首往昔

牧童误入京繁华,历九自强奈何家。
凄风苦雨强撑下,运入宏志三载爬。
履步张垣攀龙城,鲲鸟历劫鹏终化。
不似五陵谱年少,八载孤灯处无涯。

自题二·本象
——记初入社会无畏激昂

九八数满返京华,遍阅万般云作涯。
马蹄得意鹏初至,无根无叶谁怜侠[①]。
年少难知江湖事,更有风雨雪漫洒。
到头欢喜勤家齐,惊波起落出晚霞。

---

① 谁怜侠:出自宋代林逋《淮甸南游》"胆气谁怜侠,衣装自笑戎"。

自题三·杂象
——记人生起伏三十小驻

遭际幽云出修途,正道方悟三十数。
本是山庙吊钟花,偏爱梵家任自苦。
尘俗路上秉尘俗,踟蹰缘因且踟蹰。
未暇冷眼意不怠,报首初心红霞舞。

第一章 少年的诗

"情不知所起，一往而深。"（明·汤显祖《牡丹亭记题词》）这也许是对那些年的一个真实写照吧。那些人、那些事、那些地方都已远去，或许能留下的就是些不知所措的文字，孤零零、冰冷冷，但他却如诗般永恒。你呢，有没有属于自己少年的诗？

时光若水、年少成诗，每个人都有一段故事。或许是初见世界的新鲜，满眼的惊艳；或许是烦躁时光的漫长，争着抢着想去大人的圈子闯荡一番，试试这拳脚手段。又或，年少最朦胧不过初芽的情感。天下没有完全契合的两个人，只有经过打磨才能合拍。一个人如果太有棱角，或许鲜有人愿意接受，可他的心又是那么凄然。若是好的便接受，若不是，则给她自由与温暖，愿这尘世尽安然。

风景是故事的延续。一段路有一段路的风景，年少时留恋的明山秀水不常有，而把崎岖坎坷变成云淡风轻，才是真的少年。

山关内外

　　为祖国的伟大气象自豪，为华夏的文化长河骄傲。站在万里长城第一关之上，不禁为我们民族伟大的成就与历史的厚重所折服，更为这沧桑掩盖之下的文明所倾倒！千年文明是坚忍融合之路，气象包容方成今日之风度。

　　山海关雄似明珠，走马诸塞缀玉璞。
　　文香墨远皆教化，万里崇关华夏路。

2013 年 10 月 3 日

郊 游

是日天晴，与好友一行游怀柔，多年老友相约，探幽涧、遇密林、逢古刹。至夜深时分，虽不谈昔年之事，相见欢言而不觉。各人音容无大变化，仍旧时模样，时光正好。

孤云碧霄京北游，雁栖明湖心自幽。
最忆红螺观音路，难忘北斗山迎秀。
不过数年曾相识，晚风吹却那年秋。

2013 年 10 月 27 日

苍生真梦

　　行天人际会，错阴阳梦回；纵已明就里，唯风月难窥。近日颇不宁静，且不说那儿女情长直教人愁肠枉断，于人生苦短、只争朝夕之间亦多惶惑。余尝求古君子仁人之风为何，或许还是那"孔曰成仁，孟曰取义""而今而后，庶几无愧"。其间杂思，以笔记之。

　　秦烟楚雨霜冷魅，秋楼三更云憔悴。
　　哪知债因九霄磊，不负前生宁相会。
　　丈夫豪情何所谓，宗祠父老可名碑。
　　万里江山述梦回，无愧苍生洒红泪。

2013 年 11 月 19 日

行 止

  与友人相聚于北京理工大学金榜缘餐厅，畅叙少时情志、聊慰年少豪情。谈及未来，青年宜行有所止，方是清梦正途。夜深而散，醉意不浓，提笔记之。

  鲲跃千江奔云志，
  潜纵万里无人识。
  春繁一梦山河醉，
  不关空世不患痴。
  一壶酒，可与君共赏漫天繁星；
  一席谈，分明是赤子家国天下。

2013 年 12 月 2 日

采桑子·春（二首）

离家数年，再回故地仿是客般，既若此，则何处是故园？亦如人生聚散，三三两两不过一段时光的陪伴，到头来还是一个人的春景、一个人的低喃。

十年不长，也会使人遗忘；十年不短，但足够让人成长。多少个春夏秋冬埋葬，这是客的烦恼，更是孤独的晚唱！可与伴者，有书，有月，有希望；更何况人生还有同窗、挚友、知音，此即为生之希望。取过往十年之愁情为酒，一饮而尽，愿为今后生活之五彩斑斓而祝唱！

其 一

十年不觉他乡客，春雨逡巡。月伴孤云。秋叶无声悄离根。　　不惜此生相酬尽，夏梅何寻。斗酒金樽。冬寒不意莺语沉。

其 二

崇山[①]天际屏南北，旌旗滚滚。参差断云。秋叶无

---

① 崇山：指蔚县南部的小五台山。

声别陌村。　　霜天何事流残照，几度黄昏。堪惹贤俊。冬寒凭阑忆王孙[①]。

2014年1月15日

---

① 王孙：指行人、游子。

踏莎行·癸巳筹望

晨起，思与友人之聚少，初识似偶然，欢聚多短暂，时光亦匆匆。天涯四海星月落，聚散离合是何年？几多把酒言欢，几多孤音为伴？遥忆旧时相聚之情景而作。

沽酒韶光，心驰寰宇。哪得芳年长相叙。蓦然旧事已春残，偶来常胜特来聚。　　月夜偶逢，仙宫眷侣。醉里旌旗独高举。何处轻装与红妆，兴亡私计①空悲去。

2014 年 1 月 19 日

---

① 私计：出自宋代陈亮《念奴娇·登多景楼》"六朝何事，只成门户私计"。

忆王孙·雪

冬雪漫天,是夜独自一人徘徊在城市之中。面对江岸,相隔不远却无法越过,想人生亦如此,为此情此景所触。诚然世界之大,我们也不过被限制在一个个小小的空间生活,何来自由?

江隔冬雪云作愁。凌波共月三更后。纵是河山不自由。瑶池酒,碧霄之上应还秋。

2014 年(癸巳腊月)

满江红·情关（半阙）

故人故事走远，前尘往事云烟。值春华烂漫，填半阙，以慰半个离人。

声声怨苦，奈何天、离人影乱。举首间、似水心事，欲说且还。古今别恨休自怜，红妆有恨与谁言。倚窗沿、那人翘首盼，人生慢。

2014年初春

虞美人·乡愁

　　回乡（蔚县）探亲，与友人相和，特填词以记之。蔚县距北京约两百公里，家乡山水风光淳美，既有原始的森林，又有农忙的田野，虽不及城市繁华却也是另一番锦绣模样。一路上，风景虽美，内心依旧无法宁静，得得失失、忙忙碌碌时刻萦绕心头；回到故乡，古"代"①地的风土似依旧延续，只是物是人非，厚重的黄土已承载了千年的世事轮转。这里的乡音、乡情与乡人，终于让我能放空一切，内心也得到了短暂的安宁。原来"此心安处，才是吾乡"。

　　烦恼依然在那不属于我们的远方，故乡到头来似只能图个心安。乡愁与心愁也不过是个围城罢了。

　　两百里故园风光，山水带斜阳。终日锦城无名状，无限锦绣尽在桃花乡。　　眉锁处伊人发香，怎奈缘短长。凌云志展梦断处，春秋时光夷吾伴君旁。

　　2014年于蔚州 回乡探亲与友人相和

---

　　① 代：蔚县古称"代郡"。

记京北百望山脚下景

为京北某大院内景色所吸引,驻足凝望,满园的花瓣飘落似大雪一般,赞叹不已。想这北国的江山风景应也如是。风起,英落;雪花太多,累风也倦。思绪万千,又如同置身茫茫江海湖泊之中,绵绵心绪伴随着对前路的迷茫不尽不绝。

满园缤纷掩重楼,千里江山千里愁。
英落安河风倦过,万顷烟波万顷忧。

2014 年

诉衷情

　　周遭寂静，唯有月未眠。想想前尘往事俱已消散，知交好友遍去大江南北，可与言之人已无二三，故事何见？衷情何诉？

　　孤云信步月迟眠，共尝沧桑与君言。
　　怎奈旧巢无觅处，东西南北各炊烟。

2014 年

烛影摇红·平城和孤月

昔日平城，北魏故地，夜点红烛思越千年相继，抬眼望月古今故事历历。史书中且寥寥几笔，魏代于斯几番变换，呼吸间尽是悲凉。

> 春风吹断楼台雾，向何处倦旅踟蹰。
> 青衫月下难着意，长恨歌伴醉伴书。
> 弓引望金瓯圆处，浩渺星河羡征途。
> 万里山河是故园，纵堪那般也朝暮。

2014年春末

今时古贤

想今时人物,能有古贤风骨否?对我们民族的先辈充满无尽敬意。伟大的民族先贤真正做到了无私燃烧自己而照亮来人,一辈辈接续不绝,直至今时今日。每每想到此处,我都不禁要问自己,现在的我们还能否挺起民族的脊梁?

胸中自有边塞风,眼前尽溢文墨容。
干戈起处谁退却,天下男儿本不同。

2014 年 4 月 30 日

明皇西幸篇

千年前，兵、甲，长安；哭喊、离乱，马嵬变；秦王破阵乐、开元盛世景，老兵们絮絮低语，可还有人依稀记起？……随手翻开史书，这不经意的一页，便是我们民族浓缩千年的慨叹。安史之乱，读罢不禁悲愤万千，体会着中华民族绵延至今之艰难、封建王朝百姓遭逢之苦难。人们总是在呼唤英雄般的人物，祈盼某一个伟大的人能拯救斯民于水火。其实，唯有先进的制度、觉醒的人民才是国泰民安的基础，因而更加珍惜今日的幸福瞬间。

北望长安马不前，昨日宫娥再无缘。
破阵且奏声依旧，安敢酒醉戏江山？

2014 年

满庭芳·倚马踏歌

　　时代在进步，思想也在解放。或许，旧时代的"纸短情长"已逐步演变为每一个独立个体在大时代奋斗背景下令人不堪卒读的"临别感言"，那些年的懵懂感觉渐渐被人嗤笑为"儿女情长"了。诚然，凡有志者，又怎能为少年时代的愁情所困？天高云淡、纵马中原才是有志青年的高远追求。斯词为鉴，期之改之。

　　倚马踏歌，谁人共促，风流客此恨凄。呜咽难成，那铜铁怎敌。赋闲早更睡起，与谁约、杯酒寂寂。恍如昨，芳华捻指，秋凉同四季。　　眉上泛新愁，锦绣欲画，旧约暗忆。司马文君，相和知音希。忧十娘遇薄情，堪断肠、几多可弃。红尘之事，莫问出身，烟月写梦里。

2014 年 5 月 1 日

贺 喜

欣闻友人①喜结连理,作诗以贺。

喜传神州鸾凤鸣,岁恰缘定重门兴。
人同此兴杯酒尽,入梦江湖良辰景。

2014 年 5 月 3 日

---

① 友人:为避新人名讳,故仅以友人相称。

与友聚

　　是日微雨，天气略寒，记与好友相聚。朋友是生活的酒，杯酒则是友情的注脚。举杯共饮、畅叙欢言。

　　杯酒尽言欢，料峭雨滴檐。
　　不见春日暖，知交总相伴。

2014 年

盛日正韶华

  天气炎热，酷热难耐。夜半时分，手摇蒲扇，独立窗前。看着寂静的街景，天上疏落星光，地下晚灯明灭，万家灯火让人心安。思越千载，不觉已渐天明；做好当下，心静自然清凉。

  盛日正韶华，莫凭千秋，何苦细数那重楼锦榻。才留我处，人生快意方潇洒。　清扬恰当夏，但寻醉处，香属晨风又夜半更茶。金吾繁华，不几日往事千家。

2014 年 5 月 29 日

立 秋

　　秋已立，伏热仍在，独自一人于校园中漫步，仿若误入初春花园，游人流连顾盼。转目西南，更忆起太原，深冬大雪，三五友人同游龙山汾水①，已是昔年。

　　踏雪只为香漫开，冻寒应是误梅来。
　　抖擞恍见春光至，忍堪回首忍堪摘。

2014 年 8 月 7 日（立秋）

---

① 龙山汾水：二龙山、汾河，太原市地名。

克己自持

由格物致知浅悟得克己自持，忍人难咽之语、秉人难持之事。平日告诫自己，唯持身以正、持心以纯。

人生如一幅缓缓展开的水墨长卷，有月、光、舟，壁立千仞、流波激荡，"逝者如斯夫，不舍昼夜"（《论语·子罕》），在这生命长卷中，人力微薄，更忆起三国周郎赤壁故事，不禁伤怀。

月明千峰光自识，蒙舟帆进怎得知。
流归浩海山依旧，休欺故垒周郎痴。

2014 年

桂莎行

  大美祖国山川,一城有一城的景,一山一水一方人。南国桂府,时光慢;千山万水,只初见。

  山在城中城浸山,鳌洲走马龙脊站。
  翠染云端云含翠,漓江水聚缀湖川。

2015 年 2 月

渔家傲·溪上泛舟

忆游溪景,溪水激烈,因感世事变幻、人生无常,而溪水长流不绝。

山雨揽尽谁怀究,江天无界成不朽,同绘人间一荒丘。风逐柳,波涛如怒小溪流。 擎天人物神州秀,知音难遇阆苑①求,青丝伴君愁且休。佳人酒,英雄倚柔情如旧。

2015 年 3 月

---

① 阆苑:诗文中指宫苑,传说中神仙居住的地方。

偷声木兰花·年少

　　多数人的青春年少都少不了一个"愁"字,但无论多浓厚的愁绪都会伴随这短暂的青春一晃而逝。敢问,少年时的你,到底是什么样的愁绪触动了你的心弦?

　　敛尽愁眉应年少,如今绿暗红英少。腊雪方消,顷刻光阴都过了。　　十五苦恨有穷时,恨不苍天我生迟。无情见弃,羞忆他年沧桑至。

2015 年

第二章 青年家国

人生的意义不在于个人欲求的满足，而在于使自己从事的事业展现出迷人的光芒。愿给初入社会的朋友一点关怀，不似初坠爱河的悸动，却是早经风霜的烈酒。学生时代可以无忧无虑、春花秋月、信马由缰般自由，但随着肩头的责任与压力的渐增，时光已不允许我们再慢下来，人们变得没有时间，或者没有空间去思考自己、思考人生，昔年那自我标榜的人生意义已模糊。曾告诉自己"慢"才是"快"的道理，但在时代洪流的裹挟下，最大的借口则是身不由己。

青年永远无法理解江河会有大潮般的起落，更不会畏惧时代车轮翻滚带来的动荡与不安，因为他们年轻，没有经历过。我们每个人都误以为自己有价值，但殊不知，个人的价值是由社会的浪潮决定的，在每一波风口浪尖之上都会产生一批高价值的弄潮儿。时势变换、风水轮转，浪潮变化有多快，又有几人能真正看明白。所有的感同身受都是建立在躬身入局、切身经历过的基础上。我的几个文字、几点离愁或许无法引起你的共鸣，聊作前菜，权当回首时的一壶老酒吧！

且以一首《别冬雪》作为自己从青年回首，祭奠过往的记忆，来为青年家国开篇。

别冬雪

时维春动,序属征发;事情志境,龙象初踏。
年少蒙昧,所期何寥;其离园圃,茫然枯夏。

非所陌路,重山峻陡;日升残夜,风卷扁舟。
杯酒沧桑,几度秋凉;与以俱忘,不信白头。

小重山·再启程

"人生若只如初见"（清·纳兰性德《木兰花·拟古决绝词柬友》），这是多么美好的时刻，可再珍视也抵不过时光流转；不经意的离别或许就成了永远，剩下的也只能是无奈与祝愿。

2008年我在张家口四中完成高考，离开了学习生活三年的地方，这里留给我很多回忆，青涩、美好、艰难、愁苦……虽然时间不会停驻，可记忆却能永存。回到阔别多年的张垣①大地，故地重游，此间心绪已然不同，不胜感慨。

这里是北国风光，境门②雪难掩大好河山、清河③冷游人熙攘，有草原天路④为忙碌的人提供一条身心愉悦的驰道；这里是青春年少，武城街⑤学子欢声笑语、鸡鸣时落墨正浓，有十八岁的天空永远为从这里走出的人敞开胸怀。

时光无奈，斯人不再。过去已过去，人生早已开

---

① 张垣：指张家口市。
② 境门：河北省张家口市一座历史悠久的古城门，实为大境门。
③ 清河：贯穿张家口市区的主要河流。
④ 草原天路：张家口市北部的风景区。
⑤ 武城街：张家口市区的一条街道。

启新征程。

好景昔年风烛影。那年花正好、也飘零。夜半回看忍曾经。不敢问、落花葬小亭。　　荷艳舞轻盈。哪似有心事，泪初停。纵马残垣雁北行。再启程、雨过天终晴。

2015 年再回张垣作

满江红·强国梦

　　这首词作为告别校园，以一个职场新人的身份投身祖国建设事业的启航篇章。

　　身边的同事是一批甘于奉献、勇于付出、敢于吃苦的栋梁！每个人都有自己的精彩故事，每个人都有自己的远大梦想，每个人都有自己的别样心绪。梦想与磨难交织的乐章于细处虽有不同，却都绽放出炫目的光彩。

　　身边的同事的内心永远是激昂少年，他们的付出值得美赞千篇！且填《满江红》抒发伟大时代怀揣宏伟报国梦想的青年情怀。

　　西南望去，问何事、凝伫春残。六百里、鸿雁孤传，弄影阑干。都护慷慨弃卷去，报国无悔与谁言。定南天、伏波正肩关，踏虏还。　　干戈起，关山月。执金吾，谁退却。鸿鹄志，保我金瓯无缺。凌云志展沙场梦，一片河山骋雄略。试长剑、碧霄直上去，凭热血。

2015 年 4 月 24 日

青年昂首

步入社会有感：为身边一群昂扬奋斗的可爱的人而惊讶，同样为祖国能创造出今天的成绩而自豪，作为青年一员更应积极向上、昂首不息。

无畏奉献爱国情，青年筑梦致知行。
保卫江山报国志，扫除阴霾两弹星。
继往开来靠创新，莘莘学子百战兵。
科学研究是大事，中华儿女永不停。

2015 年

水龙吟·乙未贺寿

四月,适逢某单位五十五岁大庆日,谨作此篇以记之。先辈们五十五载披荆斩棘,英雄们五十五载卫戍万里,伟大事业五十五载筑梦中国。

五五怎个春秋,宛似少年弄潮手。云漫翠野,龙湖映秀,重楼依旧。紫霄传遍,华夏声闻,功烈回首。望惊鸿长空,骇浪穿回,欢喜事、君知否? 莫说往事如斗。细思量、夙兴连昼。青灯图卷,何惧风雪,深海纵游。边漠参照,归梦啼晓,功成把酒。铸长剑、清平从此无忧,为功业寿。

2015 年 4 月

炎夏杂思二首

又是一年盛夏,依旧酷热,因不喜空调冰冷,于是躺在凉席之上,也难以安眠。在每一个难以入睡的夜晚,往日的美好回忆总是抑制不住涌上心头,或许是由于怀念。经过彻夜的辗转难眠,思考过后才渐渐明白,不应执着于过去,更不该躁郁于当下。当下安下,未来才来。

其 一

那年春色绕莺啼,冬阳化雪暖心脾。
一朝了却临中夏[①],骤起秋霜空叹息。

2015 年夏

其 二

明月残空伴晚风,昨日颦笑锦花中。
衰草经霜连天雪,不意春风枉成空。

2015 年夏

---

① 临中夏:出自唐代李隆基《端午》"端午临中夏,时清日复长"。

醉二首

饮酒有害健康。诸君切记!

有那么一刻特别想灌醉自己,邀三五好友相伴,共饮至一醉方休。或许是想忘记,但又怕真的全部抹去。酒香似初见,酒酣入柔肠,沉醉若相忘。

将心比无心(其一)

低眉不忍顾盼中,将心难比无心同。
彼时春来云化雨,向使无意苦何浓。

2015 年

孤星望残月(其二)

向晚楼高难相聚,孤星遥望残月去。
灯照处只影怜疏,杯酒断肠奈何遇。

2015 年 9 月

国庆游记二首

国庆承德行·围场

适逢国庆与诸友人共游塞北围场,赏大漠苍林,同行皆欢愉。行至御道口,心绪亦忙亦乱,游历之余特记之。

莽莽塞北马行川,冽冽朔风扑面寒。
碧水青天云过处,最是秋叶飘零远。

国庆承德行·溶洞

中国北方少有溶洞,溶洞大多在南方。适游承德,不仅饱览避暑胜地的人文风景,更有幸一睹塞北溶洞奇观。

一襟热河城两岸,连连旌旗避暑还。
江南溶洞莫独好,塞北自有别洞天。

2015 年 10 月

忆挚友·去国

　　挚友远赴异国求学，为其高兴，心中也甚为思念。我二人成长环境、人生经历虽大有不同，但挚友对我亲如兄弟、情同手足，多年相伴，始终推心依旧。相去日远，情牵鸿雁，所愿皆好，彼此勿念。

　　无奈距离之短长，夫唯睹物以思将。
　　念兄弟遥寓异乡，恨无时得伴久常。

2016 年 3 月

与家书·怀乡

  异地求学多年,对家人的思念时常萦怀。亲情或许是羁绊,更多的是对一个异乡游子的温暖,孤灯下的长影或许是每一个心念着你的亲人正在深情祝愿。

  梦里依稀是故乡,哪堪思念实难忘。
  奈何两城同月下,回首难圆孤影长。

2016 年 3 月

梦游园·蟒山

　　游北京昌平蟒山，惊叹于大自然的鬼斧神工：山势陡峭、花草惊艳、鸟兽时鸣，情景深触恰似"猛虎轻嗅蔷薇"，恍若有赤蟒巨首（仅现兽首）现于碧波江上，桥架江上而舟出其中，牧童悠然吹笛于舟中。仿若梦境，事感奇异而作。

　　五彩化蝶恰窈窕，不忍轻嗅恐惊逃。
　　最艳丛中丹青口，声落珠玑静含笑。

2016 年 3 月

我有一壶酒二首

有感于国人追捧诗词之盛况空前、醉歌赋之华章再现,惊叹盛世繁华之余,喜文风蔚然之景象。

这一壶酒送给我身边的一群志趣相投的好朋友,大家都曾在异乡求学、打拼,天南海北风雨相伴,有东北的俊汉、山东的壮士、中原的文青、湖北的丈夫……平日里相互之间借杯酒抒怀,时有酩酊而意不尽,相见总恨晚、相知不须言。愿生活如酒醇香、友情穿透时光!

醉浮生(其一)

我有一壶酒,足以慰风尘。
东头桃花巷,西村有临汾。
醒时花不语,醉里莺啼沉。
纵有凌云志,哪堪春暖人。

梦辕门（其二）

我有一壶酒，足以慰风尘。
豪情宾朋至，醉卧思故人。
山河尤锦绣，入梦酬国恩。
孤悬似皓月，投笔出辕门。

2016 年

出海有感

人生第一次踏上海疆，看到了祖国的万里碧波。大海的波澜壮阔让我瞬间感觉到自己的渺小与无力，也让我有时间去感悟人生的意义所在。可如此年轻，又如何能知沧桑、体苍凉？恰似沧海之一粟而已。不过是人们眼中的悲秋伤春、无病呻吟罢了。

眼前的景象是如此震撼，震撼之余则是无尽的感怀。在如此汪洋面前有感于祖国带给我们每个人的尊严与安全，内心的情绪也如波涛汹涌一般：有为祖国今天取得的成就而自豪的心情；有为世事百转面对命运而无力的慨叹；有为人生如白驹过隙般匆忙的扼腕惶惶然。

万里碧波滔天，旌旗驰骋云间。
深蓝孤影巨舰，纵横无畏戍边。
征途漫步扬帆，茫茫沧海却看。
功业千秋所见，此心寄付国安。

2016 年作于海上

采桑子·奋斗

致敬每一位在工作岗位专注奉献的人,希望大家都有几个想起来会感动自己的人生瞬间。恰逢年关,已至深夜,仍有数不尽的人在默默加班、忘我奋战,为他们每个专注工作的瞬间而祝福。

百日会战正硝烟,今夕向晚。书卷为伴。不惜汗洒铸梦圆。　冬雪无声裹人间,古今欢谈。孜孜不倦。青灯伏案过年关。

2016 年末

冬月登香山有感

古人说登高是为望远，我却觉得于此冬日登高是为盼春。或许慵懒、自由、阳光就是人生真正的追求。感受到身边人的陪伴，一起登香山过年关，幸福甜美就在这个瞬间。功名终归尘土，此心无愧青天。

春三月不过一季，梅伴雪才度余年。
虽登高不为望远，胜寒处信步人间。

2016 年末

采桑子·郊野春景

漫步郊野,为春色烂漫所吸引,更为这里的人和事所感动。这里也许是时代背景下的一个缩影,时间轮转,世事变迁,春光依旧。

春风过岗玉兰好,独倚栏杆。絮乱声喧。匆匆步履把梦圆。　　幸属于斯甘奉献,铸剑民安。犹任劳怨。穿沙纵海道流年。

2017 年 4 月

水龙吟·铸剑

今日国家兴盛、人民安康,于幸福中感念无数先辈们的付出与血汗,更有数不尽的隐秘战线的英雄不计功名利禄——他们是大国工匠默默无闻、他们为国铸剑隐姓埋名。姑且填词一首,以表敬意。

敢问建功何处,不忍沙场鏖万兵。身怀奇技,玉汝匠心,砥砺长缨。喜看神州,神兵巨万,安民保境。纵清贫寒苦,任自经年,终不忘、上甘岭。　　暮雨朝云相应。出蓝海、波涛不惊。大漠向晚,谁人留意,狂沙弄影。淡看功名,武陵新梦,诗酒乘兴。看大国重器,从此昂首,仗剑豪情。

2017 年 4 月

水龙吟·五七事记

生活就是在平凡的岗位上做好每一件小事,在普通的角色里投入全部精力,也许这就是我们每天朝九晚五的意义。恰逢某单位举办57周年庆祝活动,感念事业创立之艰难、先辈筚路蓝缕之不易,故记之。

弹指间五七载,荆棘丛中携手来。芬芳桃李,烈火淬炼,辈辈英才。剑舞神州,震烁寰宇,盛名难盖。余生且清寒,誓卫金瓯,洒热血、与君再。　　俱往矣峥嵘在。转首处、放眼中外。恰梦起时,初心恭承,腾飞姿态。人间春色,姹紫嫣红,捷报相赛。正凯歌高奏,喜笑颜开,馔酒连台。

2017年4月

观塘有感

格局与境界才是人与人最根本的区别。成长过程中有委屈是正常的，没有人能逃得过，唯有把悲痛与艰难化为力量，而每个人转化为力量的方式、力量具体的内化形式又各有不同。总之，撑开格局、提升境界，悦然于己方是破开逆境之门的咽喉锁钥。

青萍起落云天照，叶守琼根伴泥沼。
随波哪知池清浅，雨落万丈尽惊涛。
二十青葱意劲道，且遭风雨总飘摇。
平陆惊雷波尘骤，枯木衰草看今朝。

2018 年

人生年少且轻狂

　　人生在世，都有年少轻狂的时候，不少人因此遭受挫折，也因此会多经历几番风雨与霜打。人生的每一段经历都是宝贵的，或喜或悲，再苦再难，回首时你都会心怀感激。一位长者曾告诉我，艰难时，俯下身子，让自己低入尘埃；危险时，护好脑袋，任由它狂风暴雨。只有活着，才有明天。

熙攘茫茫五陵俊，少年豪情纵驰奔。
万山叠处随笑傲，千江马踏是坚韧。
往事零落不语闻，暗香哪堪运黄昏。
最是夕阳喧嚣静，金光暖处独省身。

2018 年

下编

独处静心
忙中自省

收录2019年至2022年的随想与感悟共17首（组）诗词文。

中华优秀传统文化总有一些神秘感，驱使我去探索其中的奥秘，也许这是回答人生意义的一种方式吧。读《论语》《坛经》《道德经》，开始时充斥内心最多的是不解，反复细读之后终于有点儿小小的感悟，但也不知道是不是探得门径。正如王国维在《人间词话》所总结的三重境界那样，细细品来也不知道自己是否进入了这第一层境界①，故而于此也不敢过多落墨，以免贻笑。

一个人的时候总想写点什么，不为什么，总得为点什么，也许是因为在平静外表之下的内心总想呐喊，如同在荒无人烟的原野之上，一个孤零零的人在无助呐喊！这种渴望无法得到满足的感觉，只能在文字之中寻得救赎。这是独处。害怕独处。

何以静心？也许只能在一个人读书的时候才能让心静下来。为求自省，忙碌之余把自己的感悟或随想记录下来，其中不乏追忆抚叹之语，皆作于夜深之时……

---

① 第一层境界："昨夜西风凋碧树。独上高楼，望尽天涯路。"出自北宋晏殊《蝶恋花·槛菊愁烟兰泣露》。

追 忆

回不去的是那个年代,
那时也好、也不好。
淳善、天真,连空气中都弥散着自然的味道。
可是也有数不尽的烦恼,
整天忧心这个、忧心那个,
为那未知的明天而慌乱。

眨眼间,
时间被拨入明天,
我走进儿时遥不可攀又神秘的咖啡店,
用那仅有的丁点儿的空闲。
从前喝的水感觉寡淡,
唾手可得的怎会甘甜!
现在才知道浓浓的咖啡味叫苦连连。

生活看似穿了件华丽的衣裳,
原来只是换了一种秋凉。
什么都没有变。
烦恼的味道只是陪我们从这边走到了那边,
苦还是苦,
甜依旧甜,
不管我们愿是不愿。

第三章 感恩感悟

"既自以心为形役，奚惆怅而独悲？"（东晋·陶渊明《归去来兮辞·并序》）理解我们的人没有，必须面对与承担的人与事却不少。尘世纷杂、暴雨急来，尚来不及去愤怒，更由不得我们沉默，一片狼藉之后，留下的已满是感恩与感悟。

红尘中，凡事都由不得我们，更何况求一个自由。估计大多数人和我一样，也曾为此而内心愤懑。不想做负面情绪的奴隶，面对这样的人生与命运时常反思，总喜欢问一句：为什么？也试图追求觉悟，也尝试着无相空明、置自己内心于虚无恬淡，终究世间事世间法。

缘中千般事，从来不自由。

佛祖释迦牟尼曾问弟子："一滴水怎样才能不干涸？"弟子们做了各种解释，佛祖说："把它放入大海中去。"让一滴水不干涸的方法是放归大海，是独立的一滴水自由，还是海里的一滴水自由？与其说自由，毋宁说是拯救。

世界无法被撕裂，无论你的内心多么痛苦，极端条件下的情绪甚至或许会在自我的撕扯下碎裂，可是真正能疗愈内心的同样也是自己。若无自我拯救，何谈世间自由。

人与世界也许就如同滴水与大海一样，能拯救滴水的也只有自己。

再来宁[1]

因为公事，经常往返北京、南京两地，渐渐地对南京有了一种很亲切熟悉的感觉。曾几何时，吾独游南京，面对古城群山之雄伟胜景，不禁泛起了对古今沧桑的慨叹；往事千年，一个故事叠加着一个故事，绿树青砖平湖面，砖瓦不曾变，旧时声呜咽。且泡一壶浓茶，翻看这厚重与变迁。

往事倏尔作云烟，何似青柑浓扑面。
那年风雪已不见，少年轻裘醉夜寒。
钟山若坐金玉砚，禅心着墨江天远。
徽[2]宁共月交泰处，堂燕几时入尘缘。

---

[1] 宁：南京的简称。
[2] 徽：古徽州的简称，诗中借指安徽。

少年愁

愁苦在心，点滴却浓。年少不应愁，可又有几人不曾愁少年，只是成长经历与环境不同罢了；少年不应言愁，正是豪情时候，豪情应是不惧千帆竞发，哪怕巨浪滔天。用一首小诗记一个少年。

年少可期长成日，谁记风霜味自知？
稚肩何奈世事担，无如凄诉且笑痴。
孝义堪怜有壮志，杯酒残阳多悔迟。
人生何处不羁旅，最忆乡关孺子时。

江南繁华

  作为一个北方人,习惯了大漠孤烟的壮阔,面对南方细腻婉约的小镇与葱茏掩映下的繁华,多少有些震撼而失神。这里的静、山水是一抹初见,脚下的闹、窄巷则雅致匠心;来时乘稼轩如此豪气,归去应许多愁效易安。

  星灯疏落银汉间,佳木聚盘驻轻颜。
  若无钟鸣车流过,遥忆南国遍炊烟。

慎　独

夜半独游秦淮，偶遇江南；仍是吴音传来，时过境迁。眼前人群熙熙攘攘，身边欢声笑语不绝于耳，千年前的故事在霓虹下动情演绎，仿若水墨穿回，只是人变了：炊烟漫染江南、故事依旧在。我独自走在热闹街巷，好奇心驱使我不停向前，轻轻地听、默默地看，与现实强烈的反差感，让我可以静静地欣赏这种喧闹。台上的剧情不知重复了多少次，可是我却有了不一样的感受，或许正是这温软的繁华与人流，才使我感受到此刻的孤独。孤独如晚风来袭，让人沉醉似要迷失，恰在此时内心的正念如警钟般响起，将我从孤独的荒野之上拉回慎独之路。

> 夜半无人自语时，梦里吴音凄诉辞。
> 盏茶月下剑痕舞，好景消得读书志。
> 慎字不磨难解意，律从独中自品知。
> 从来任侠真豪杰，今日轻履尚不迟。

过雨花台二首

能有今日美好的生活、安稳的环境，我们必须感念一代代革命先烈的付出。面对我华夏的英烈，心中不由得升起无限敬意，同时也陷入沉思，一定有什么是超越生死的，一定有什么是指引灵魂的，怯懦者退一步保小家为自己，伟大者迈出去为大家舍小家。或许直到今天仍有人难以理解，但是不管你是否能够理解，我们只要坚信指引先辈们的信仰与精神是正确的，并且必将继续指引我们坚定地走下去就够了！一定有什么是你理解不了的，同样，一定有什么是支撑我们民族的。

致先烈（其一）

本当诗酒趁年华，乡荣亲孝名显达。
忍劝诸君莫难过，回看无名映朝霞。
千载华夏岂小家，青史万代你我他。
哪般赤诚轻生死，丹心种火葬雨花。

忆国士（其二）

先辈筚路纵成仁，功名不计洒前尘。
干干净净血汗里，从来贤俊报国恩。
敢为先来铸国魂，惊雷声声鬼神震。
峥嵘不忘长剑在，淬火何惜累伤痕。

长相思·朝也思

朝也思,暮也思,一片痴心付谁知,说来笑我痴。　山也知,水也知,千般事过竟语迟,泪去凭栏时。

青玉案八首

青玉案，宋词牌名。词牌本身便含有一种低婉愁绪的基调与内涵，其名读来总有一种入画成诗的回甘，因而闲暇时分便对其多了几分关注。

不一样的人、事、物，总在撩拨我们的情绪，努力告诉自己对生活多加一份关怀，别样心绪可以有，但不能太过。那怎么办呢，莫不如投之于笔端，化作回忆珍惜点点。情绪是一剂药，或起或落，只要对症都能疗愈我们的生活；情绪是灵感，让点墨跃动、抒胸中快意，往事沉淀过后便能昂首向前。

南国，日落，夜风，山钟；

仲夏，九霄，惊雷，深蓝。

且填八首，以挽衷情，诉别样心绪。

青玉案·南国（其一）

恰旅居南京月余，深切领略异乡人文美景，于人生亦多有思索，有感而作。

南国四季竞天成，楼传钟、林语风，哪有红烛作晚灯？月华遍洒，云波牵梦，信步阅浮生。　　费尽千般悟不能，可堪得道只三更。幽涧潺音恰禅声。溪边晨风，又遇日升，山川自久恒。

青玉案·日落（其二）

忆往昔与诸友欢聚畅饮，常至夜半时分而不忍散去。众友人大学期间即趣味相投，多年知交相伴。生活的苦、世间的愁，洒在每个人身上都有不同，唯有相知共饮抚心忧。愿生活欢乐常驻，以梦为马、不负韶华。

日落金山且沉沉，烟波里、是故人，奈何好景葬红尘。重楼异曲，千般空门，凡庭愁锁深。　　晚照烛红风阵阵，从来大漠销离恨。君应四海志远奔。古卷寒灯，男儿莫问，不悔痴心人。

青玉案·夜风（其三）

晚静虫声惊波起，城满烛、人烟寂，月向楼边知何期？应是微雨，青川沥沥，淮边秦咽泣。　　夜风漫扣凉浸地，不见来人他乡意。想平湖叶舟莲戏。身低轩处，凄风不雨，极目伴愁依。

青玉案·山钟（其四）

悟来思去复乱中，小窗里、无影踪，灵台千年几人通。法非非法，空是是空，机禅似无穷。　　过去执着苦万重，未来哪堪惹惶恐。自古盛名曲正浓。活在当下，何以念从，方寸鼓山钟。

青玉案·仲夏（其五）

一壶浓夏百芳临，惹闲来、烹茶饮，勤把汝窑细细品。两耳不闻，涓涓低吟，乾坤杯中尽。　　杯空空只手难擒，须满斟凝烟轻呡。世事颠倒武陵隐。轻比浮云，重若杯斤，翻似在桃林。

青玉案·九霄（其六）

一路走来，我始终坚持心中的道义，不负圣贤。回想昔日，艰难处得遇名师指导，护我心中正念，为我指明方向。感念吾师恩深似海，填词以铭。

初时抱负九霄中，行且正、志远宏，不惧风雨傲雪松。路边美景，不为勋荣，奋斗乐无穷。　　现实纷扰念杂丛，道大义、难达通。何妨醉里望影踪。到底何事，南北西东，不意且空空。

青玉案·惊雷（其七）

愁云漫洒浓翠补，且北望、穷目处。误把树影认雁书。丛山递过，流波江渚，可堪游子诉。　　惊雷道道声孤苦，恰将离思沉击故。不知何日是归途？一念凄索，历历陈铺，强似雨落处。

青玉案·深蓝（其八）
——贺某舰下水

战舰祝歌九州传，复兴志、逾百年，巨龙入海领千帆。劈波寰宇，拓洋戍边，不惧惊涛远。　　艨艟睥睨敌千般，旌鼓齐鸣巳楼船。涕泪难掩犹喜盼。不日万舰，镇妖驱蛮，逐梦在深蓝。

独处之乐

每个人都有独处的时候,但是这些时刻给我们的感觉却各有差别。我之独处是得闲欲语圣贤、自省而悟身寻道。当下快节奏的生活,独处无疑是一种"偷得浮生半日闲"(唐·李涉《题鹤林寺僧舍》)的至得,寻一方秘境以独处,如山中高卧、伴明月清风,似东海泛舟、无凡尘搅扰。落笔此乐,与诸君共勉。

孤灯做伴远山门,致知参省从凡尘。
忽见楼中无谋面,匆匆闪过疑故人。

寻得心中的静谧

繁忙的工作是我们必须面对的现实，很多人觉得这一切都无法改变，其实不然。真正需要我们改变的是我们看待问题的角度，是我们的内心。内心静下来了，人自然就会如沐春风，由此也由内而外地改变自己的精神状态，生活也自然会给我们更美好的反馈。这样的改变不仅会提高我们的工作效率，更能提高生活品质。归根结底，我们每个人在现代生活中需要的无非一个"静"字。

静，是中国古人推崇的大智慧。守静，历来被奉为高明的修身处世之道。《道德经》里"静为躁君"。静能克服人身上的躁气。《大学》里"静而后能安，安而后能虑，虑而后能得"。可以说静是安定、思虑和有所得的基础。

"心收静里寻真乐，放眼长空得大观。"（《集醴泉铭字》）如果一个人内心不静，很难真正去思考问题，在遇到大是大非的时候、需要做出重大抉择的时候就会自乱阵脚，做人做事也一定会骄矜、浮躁。安静的人会在仔细观察中审时度势，更容易看到事物的本质，从而获得解决问题的正确方法，或者感悟人生的深刻道理。

只有守静的人才能达到虚极静笃，只有守静的人才能发现生活中的点滴幸福，只有守静的人才能做到有条不紊地处理紧张而繁忙的工作。浮躁与脚步匆匆总会使我们错过很多美好的事物，令人迷失双眼。或许我们会经历岁月的蹉跎、道路的坎坷，但守得住心中一念静气，保持淡泊的处事态度，这样才能在"乱花渐欲迷人眼"中找到超然与安宁，不受世俗的干扰与冲击，终会有所得。

车水马龙欲难填，重波声声扑面寒。
青山不争容幽谷，四顾空寻叶落边。
任自匆忙不得闲，从来妙手多淡然。
山海之外寰宇间，胸中能容才一拳。

父　恩

　　身为人父之后，渐渐感受到这个角色的艰难与无奈。世上的每一个父亲都是伟大的，至少在他的儿女眼中一定是这样的。父亲与我应该是典型的中国式父子，父亲把最深沉的爱给了我，却也把最沉重的一面展现在我眼前。

　　《平凡的世界》是父亲这代人成长的缩影，时代的大浪在他身上拍了又拍，岸边落寞的背影证明他曾有过奋力的挣扎。从小父亲对我管教很严，让我好好学习，我很听话照做了。初三那年我一个人背上行囊，离家踏上独自求学之路，之后就再也没有与父母长期相伴了，已往的温馨点滴转化为自己闯荡路上的剂剂良药。如果让我再选择一次，或许我没有勇气踏出离家求学那一步。

　　中国式父子关系还有一个特点，就是矛盾与冲突。随着我们之间的接触越来越少，我与父亲之间的冲突也越来越少，但我内心的矛盾却不断增多，我想或许这是因为我对他的理解逐步加深了吧。因观念不同而产生的不理解不会随年龄的增加而弥合，面对许多具体的事情，父子之间又永远有着纠葛。于我而言，那是无法完全将"己见"即自我放下，但又不能不顾基于孝的内心而所产生的矛盾心理。我想做一个孝顺的儿子，同时也希望自己能成为一个合格的父亲。

提到父亲，有一件令我感动且难忘的事情。我的家庭还有些文化氛围，大学毕业后父亲说要在我进入社会前赠我一个"号"，以勉励我日后谦逊长进，于是取"敬天敬人、沅芷澧兰"的"敬沅"二字，因此我又多了一个名字：曹敬沅。为此父亲还特意亲手篆刻了一枚印章送给我，我一直珍藏并带在身边。

父亲亲手所刻印章

每每抚看这枚父亲亲手篆刻的名章，感动与压力都会时时警醒我。同时，我也会想起辛弃疾登建康赏心亭时所赋词中有云"落日楼头，断鸿声里，江南游子。把吴钩看了，栏杆拍遍，无人会，登临意！"（宋·辛弃疾《水龙吟·登建康赏心亭》）

恰动笔时，窗外寒鸦声点点，稼轩词慷慨无限可又有寂寞万千，正似我此刻心中意。寄寓是崇高的，成长是艰难的，蜕变更是痛苦的。在奔向美好道路的旅程中一定有荆棘为伍、有孤独做伴，更有那"众人皆醉我独醒"的不被理解。印章虽轻，在我手中却沉重许多。

一枚小小的印章寄寓了父亲对我的无限厚望，面对此中真情我亦只能默默无言。中华男儿骨子里有一种血脉传承，那就是对祖先父辈的崇敬仰重、对家族姓氏的骨血认同，也因此塑造了我们在外做人做事的准则与底线，即俯仰无愧于天地神明、行事对得起家国祖宗。这也是一种责任的培养，或许这正是父亲的用心良苦吧。

爸爸，您辛苦了。这几十年走来，也许是命运、也许是性格使然。愿您晚福万福。

无以报父亲深恩，作短诗以慰吾父向兵[1]。

---

[1] 父亲全名曹向兵。

恩深无比默无言,慈爱沉沉似影怜。
抛心洒汗不觉苦,顿首难报义燕山①。

---

① 义燕山:出自《三字经》中"窦燕山,有义方。教五子,名俱扬"。

第四章 静心觅得

> 栖霞意暖，暮鼓凉钟。
> 每每回思，忆已往之履艰而无愧天地；
> 时时翘盼，望欲来之诸业仍仰叹萦怀。

生活中禅机处处，危机处处。努力思过往、思当下、思未来者实属寥寥，既然无法置身于尘世之外，那就应觅得善全之法要，善成于行、养心为要。在苦苦冥思之后，发现这世间有千局精妙，但无论如何最终能全身而退者鲜有。唯有诚心正意方能立身，沉稳冷静才能就事。

> 诚心是敬天地无愧，正意是报无名以德，此为正人；
> 沉稳做人不为欲牵，冷静处事勿为利引，方是君子。

为何要静心，悟得所为何事？于我而言，多年来一直有种内心无所安的状态，但是要将此心拿来又不知将由何处。悟得实为内观，认识自己才能明眼观世界，做到日有所悟、行有所益，人才能慢慢从无所以、无所由中找到心所安。

读诗可以静心，更能疗愈内心，正是现如今快节奏生活的一剂良药。无论清晨、午后，抑或晌晴、微雨，放下俗事进入诗画之中，与天地纵游、共古贤神交，望群峰凭溪涧，近山水之灵气、远尘世之烦忧，不求超脱这尘俗万丈，也算得个附庸于风雅。

当 下

诸君是否有过深陷窘境、处境堪忧之时,敢问诸君在这般情境中能否做到"事在人为之而非惧之"。大多数人定然是熟思为之深切,莫不如不负当下。何以当下?上器其时,有量有度,道行不为,是为当下。

尝于梦中见一胜境,山门远远,近前可见左右各书一联:

今日愁苦惹来思,忧重感喟;
不日忽觉自不知,有甚难忘。

进山门,重楼幢幢、亭台袅娜。宛如书院,却有钟鼓经喃声传;又疑宫观,恰如仙馆福地连幡。迎前一少年,少年口中有吟:

念天地之久长,皆是宿因,如之奈何;
心中常怀惭愧,入境深者,卓毅乖悖。
不断春秋仰叹,任自执见,缘尘业乱;
所期无愧宇内,累自铭心,悉不由人。

那少年径自走上前,隐约中与其交谈良久,皆是天命、人生、本源之言。当问起可知儒、释、道三家时，少年沉思片刻，开口道：

无可而为、执中贯一、反求诸己，不违仁；
无心而为、万法归一、本自具足，不著相；
无为而为、抱元守一、顺其自然，不离生。

临别，少年随口吟出一上联：

致广大而尽精微，先修三分静气。

遂径自远去。自叹无法对出下联，恍惚间梦醒，反复思量后提笔写下：

识盈虚方怀远虑，自有一点灵犀。

自是已分不清是梦境还是痴妄，于我而言别有一番可以寻味之意境，为身中的不系之舟指点了方向。即使是对当下，也希望能为精神紧张的你提供一个可以停靠的港湾，哪怕仅仅是一点点思考。

广大也好、精微也罢，或许不该思虑过多，如如不动、自在当下最好。可是真正的生活就是在一团乱麻中反复琢磨，说修炼也好、说无奈也罢，该思考还是要思考，但莫要少了一点儿灵气。不知梦中山上的少年能否满意我的回答。

命 运

子曰：五十而知天命。(《论语·为政》)

大多数人都不会与命运和解，其一生就是与命运抗争的一生，时而亢亢然奋进、时而颓颓然自怨，莫不是欲挣脱而又无奈。或许这就是面对命运的未知且不与之和解的状态。

心见大海，苦渡无舟。儒生蹚渡，道似轻舟。何相般若，空自无忧。

少年学来而立身，闲也匆匆勤勇奔。
胜天不过空欢喜，何期禅来叩心门。
参盘落子若知命，大道随波任浮沉。

静观涛

心情不好的时候人们会选取大海或深山，以期海吸走负能量、山净化坏情绪，从而寻找一种平静的感觉，抑或是希望山海的雄伟浩瀚把自己的不如意全都涤荡，留下一个全新的自己面对生活。然而，去过大海并与之拥抱、进入深山并与其独处之后，我才发现海波卷不走世人的忧伤，山坳也留不下人类的凄怆，那无助的我难道选错了吗？什么才能真正疗愈我们本就脆弱的内心？

一次旅行，一次与山海的邂逅、呐喊、相拥，仍是我们寻回自我的最佳良方，只不过打开方式不同。这次在海边漫步，突然被海天的深邃与辽阔震撼，萦绕在我心头的那乱糟糟的事情并没有被带走，可是大海却让我找到了治愈自己的方法。这是一种积攒后的释放，更是一种恢宏的榜样式震撼，我真正体会到了有容乃大的能力场。原来山与海并不能神奇地带走不幸、不安，但是却让你有一个可以发泄的出口，你可以呐喊，给你一个可以效仿的榜样，你可以静观。似我，如山般无惧幽暗，如海般包纳百川，那尊敬的你还有什么不能放下！

涛起连天卷重岩,舟飞走马烟波远。
一点心事云依旧,声声呐喊浪回间。
且回望何事千年,斗转相继皆尘烟。
漫洒星愁挂碧海,坐岸泼墨还涌天。

小禅记

初闻《金刚经》"云何降伏其心""应无所住而生其心",我被其中的智慧震撼,为自己的初次闻禅而记。

初次闻禅

三十年来苦着相,
二十四时不明心。
意妄不住清净法,
神守归元返太真。

偈

再闻"应无所住而生其心"句,尝试将所得落笔为一偈子。

心非本心菩提心,
身是色身无量因。
从来念念断念起,
却把空空作我真。

郊野寻农

城市的喧嚣让现代的人总是处在钢筋水泥林中,有或明或暗的生分感,对自然也充满了陌生感。城市远郊的农耕体验也许是能让忙碌的人找到自我、回归本真的一种好方式。在北京郊区西南方向的千灵山、青龙湖附近,有几亩农田可供耕种,让人们找回了最原始的快乐。烈日炎炎,面朝黄土背朝天,一锄下去万般烦恼皆抛却,自己的世界仿佛已安静。农耕使你静下来后,一箪食、一瓢饮却又让人在空寂之余感到些许的孤独,也许孤独等于自然。

重楼皑皑压远山,疑似天宫矗云端。
不待迎前细分辨,举头已是不可攀。
千灵龙聚镇西南,悠然农乐比陶闲。
相锄若问城中事,可与言来无两三。

不忘初心

昔年诸途坎坷，又将必经坎坷，怜此心之将历，蒙世道之艰难。余人若此多散漫对之，或畏葸不前，深以其志之不坚为故，而错之于大道。遂作《不忘初心》以记，始于情，至于理。

向使芳华沧桑尽，
丹青锦绣胜清霖。
解语君思恒著意[①]，
不教秋风扫弦心。

景融于情，情终于事。

不忘初心，方得始终。做人做事首要的就是思想，只要思想摆正就不会有大的问题。什么是思想，初心就是一个人的思想。史海钩沉，古往今来试问有多少人不是因为忘记自己的初心而走向了深渊。遇到问题多问问自己"圣人处此，更有何道？"(《传习录》) 正所谓"人心惟危，道心惟微，惟精惟一，允执厥中"(《尚书·大禹谟》)，唯有坚定自己的初心，此初心即为道

---

① 著意：用心。

心,才能成善行、得始终。

由此推而广之,无论何家何派之学说,只要是圣贤传下的道理,我从不敢不以为然,所求尽心可矣,望诸君共勉!

写在人生三十

千峰不动随云走，惊雷撕破天幕洲。
伤心难觅低语处，唯有凄夜共水流。
娑婆本是伶仃醉，向夕误认花月悠。
从来碧落尘不懂，但看微雨愁更愁。

  第一次被诗歌吸引是在高中，同桌是个才子，性孤傲而酷爱文学，偶然看到他有本写张若虚的《春江花月夜》，不禁燃起了对古典诗歌的向往之情。其实早在初中时，我就在首都北京日坛路附近的市场书摊前下大决心、忍痛购买了一套对那时的我而言价值不菲的《唐诗宋词元曲》合集，共六册，或许在那时就埋下了对诗歌的情愫。再后来，一直忙于学业而四处奔波，在读研究生的时候我又回到北京，开始尝试诗词创作，将情感化为文字。虽只三十岁，大部分时间却在北京、河北、山西等多地漂泊，或许是这样的经历，才使得我有所感。往事历历，艰难孤独之时，总是想起"天大寒，砚冰坚，手指不可屈伸，弗之怠"，成长路上更多的则是"余则缊袍敝衣处其间，略无慕艳意"（明·宋濂《送东阳马生序》），仿若身在其中，心有同感。

《写在人生三十》算是对自己过往三十年的一种感慨，抑或是一曲回肠。人生有几个三十？人生可几次回首？这算是我的初次回首，三十及时回省自身，于我而言也是幸事。幼年记忆开始于桃花镇的乡间田埂；童年时代跟随父母到北京；青年步入四方"游学"的生活：流寓乡镇①，先是县城②，后至边市③，奔波省会④，又回首都，好不艰辛。一路上有太多的感恩，一路上也有太多的酸楚，一路上自己单打独斗也不知道世事的深浅，哪里会明白社会的课堂早已不是学生时代的计分规则。人生必有起落，而且不止一次，有起落就有成长，成长了才能真正实现蜕变。

　　午夜梦回，几度春秋，回首或许也是一次对成长路上受伤心灵的抚慰。

---

① 乡镇：桃花镇。
② 县城：蔚县城。
③ 边市：张家口。
④ 省会：太原市。

后 记

惶惶万言，所见不过自己。百年白驹过隙，人生所遇不过古人。想何时能活得那么纯粹，又或是那般深沉。

从2019年下半年构思诗集，至2024年付诸行动，其间经历跌宕起伏，可算是此书的一个缩影。于诗词我亦是新人，剥尽繁华，虽不敢奢谈文学价值，但自己的人生经历促使我写成此稿，也想为诸位有缘读者提供一点品谈之资，失意时有共鸣、落寞处寻归路，欢喜而不忘友、豪壮亦不失忧。有斯时情志境，为你我的人生摩崖；难觅如梦初醒，就你我的心绪泛漪。

掩卷闭，拾得寒衣，再从头起，何惧岁月风雨急。
感慨处，此心何依，了无出期，人生翻似虚度已。

无论何时，摆在每个人面前的不过白卷一本，但不能肆意挥洒，我们都是提笔边书写自己的人生，边回看自己的人生。回看自省的要义无外乎"修养"二字，修身与养性。纵观人的一生，从最初的寄情风景、伤春悲秋，到失恋离愁、人生苦短，进而又豪情满怀、壮志慷慨；渐渐进入社会，更加了一份无奈，注意到了身边的人和事，多了一丝远离故乡的情牵，同时也喜欢上了孤独；在接触了儒家、佛家与道家经典之后，也尝试着寻求真我，但最终不过觅了个诗酒田园。也曾认真思考，无法对每一闪念都深加斟酌，故而落笔才是对沉思最大的敬意。每一次落笔都像一个雕塑家在努力凿向石胚，似是又将人生的痛苦一遍遍重复。工作繁忙、生活琐碎之外，自己的每一次全情着墨或许都间或夹杂着对往事往时之追思，这其中又有多少是不愿再度提起的。人类的感情是否相通我不知道，但是我从古人那里读到了一幅幅众生画面下隐藏的万千心绪，无论迷茫与困惑。斯念已矣，不如我将潦草拙句匆忙录毕，自待见者评说。

　　读过太多经典，每每人生陷入困惑总是盼望能从其中找到答案，哪怕只是慰藉。到头来才发现，其实人生不过行住坐卧，心念干净了，世界自然清净。抒情也好、牢骚也罢，终究是酒至半酣留下空空寂寞，该追忆的一点儿没追到，想惋惜的也不过多一声悲叹；向先贤大儒问道，访古刹名山寻禅，也不过是本本经卷中低声呢喃，欲放下处仍心头作响，苦求不得的终究不得。既然在这尘世间，就循着命运的车轮，去探寻那未知的既定。或许这就是我的眼中常常泛着忧郁的原因吧。

后记

今天是一生中最年轻的一天,过去的日子无论多美好、多艰难已一去不复返,岁月纵有、哪堪回首,可期来日、勇立潮头。

曹晓文
2024 年仲夏于河北蔚州

故乡藏在我记忆深处,
总在不知不觉间牵起我的情愫,
就好像站在悬崖之上望向静谧的平湖,
遥远、幽深,却映照出最真实的我,
为倦旅指明了归途。

落笔成诗，点墨填词。
文字是一面镜子，让读的人可照见内心、窥见自己。

读诗的人内心都细腻，似在寻找一个志趣相投的知己；
写诗的人笔触多敏感，幻想出种种以浪漫渲染的自己。

  不知可有一首能与君作知己？